Rogério Andrade Barbosa

Soyas de Sun Tataluga

Histórias que me contaram em São Tomé e Príncipe

Ilustrações
Taisa Borges

1ª edição
FTD
São Paulo – 2021

FTD

EDITORA FTD S.A.
Matriz: Rua Rui Barbosa, 156 – Bela Vista – São Paulo – SP
CEP 01326-010 – Tel. (0-XX-11) 3598-6000
Caixa Postal 65149 – CEP da Caixa Postal 01390-970
Internet: www.ftd.com.br – *E-mail*: projetos@ftd.com.br

Diretora editorial Ceciliany Alves • *Gerente editorial* Valéria de Freitas Pereira • *Editora assistente* Agueda C. Guijarro del Pozo • *Preparadora* Elvira Rocha • *Revisora* Marta Lúcia Tasso • *Editora de arte* Andréia Crema • *Projeto gráfico* Taisa Borges • *Projeto de capa e diagramação* Sheila Moraes Ribeiro • *Diretor de operações e produção gráfica* Reginaldo Soares Damasceno

Rogério Andrade Barbosa é professor, escritor e contador de histórias. Graduou-se em Letras pela Universidade Federal Fluminense e fez pós-graduação em Literatura Infantil na UFRJ. Trabalha com histórias na área de Literatura Afro-Brasileira e Africana e em programas de incentivo à leitura.

Dados Internacionais de Catalogação na Publicação (CIP)
(Câmara Brasileira do Livro, SP, Brasil)

Barbosa, Rogério Andrade
Soyas de Sun Tataluga : histórias que me contaram em São Tomé e Príncipe / Rogério Andrade Barbosa ; ilustrações Taisa Borges. – 1. ed. – São Paulo : FTD, 2015.

ISBN 978-85-20-00098-4

1. Contos – Literatura infantojuvenil I. Borges, Taisa II. Título.

15-01356 CDD-028.5

Índices para catálogo sistemático:

1. Contos : Literatura infantil 028.5
2. Contos : Literatura infantojuvenil 028.5

A - 687.175/21

Para Luci, que também esteve em terras africanas.

Son tê uê, matu tê oliá.

(O chão tem olhos, o mato tem orelhas.)

São Tomé e Príncipe era o último país africano de língua oficial portuguesa que faltava para eu conhecer. E foi com o apoio do Centro Cultural Brasil-São Tomé e Príncipe, da Embaixada do Brasil, que tive a oportunidade de escutar histórias das crianças santomenses que me narraram, principalmente, um manancial sem fim de histórias de Sun Tataluga.

Dedico, então, este livro aos alunos, diretores e professores das escolas primárias de Água Izé e Francisco José Tenreiro, localizadas na ilha de São Tomé, que me recepcionaram com tanto carinho, nas quais contei, escutei e recolhi um bocado de histórias. E a um grupinho de meninos da ilha de Príncipe, que, ao anoitecer, foram até a pousada onde eu estava hospedado para me brindarem com mais uma série de divertidos contos de Sun Tataluga.

Meus agradecimentos à Leila Quaresma, diretora do Centro Cultural Brasil-São Tomé e Príncipe, e ao Mauricio Martins, primeiro-secretário da embaixada brasileira. E também à professora brasileira Naduska Palmeira, que me abriu tantas portas, e à escritora e poetisa Conceição Evaristo, de negras raízes mineiras, colega de andanças e de palestras. E, finalmente, aos escritores santomenses Albertino Bragança e Conceição Lima. Toda essa gente querida contribuiu, de uma forma ou de outra, para que as proezas de Sun Tataluga chegassem aos jovens leitores brasileiros, que, com certeza, vão amar essas histórias plenas de africanidade.

Rogério Andrade Barbosa

Quem não tem pena fica no chão 11
Quem tudo quer tudo perde 21
O adivinhador de sonhos 31

Quem
não tem
pena
fica no
chão

Sun Tataluga, no tempo em que ainda não tinha o casco rachado, descobriu que haveria uma festa de arromba no céu. Imperdível!

– E com o melhor da culinária de São Tomé e Príncipe! – informou um *xtlêlê*, avezinha de bico comprido que adora beijar uma flor.

Mas como o senhor Tartaruga não sabia voar nem fora convidado, não tinha a menor chance de participar da comilança. Ele, sem alternativa, resolveu pedir carona aos que sabiam bater asas.

– *Kumá bô Sá ê*? Como você está? – cumprimentava, esticando o pescoço enrugado. Mas ninguém lhe dava a mínima atenção.

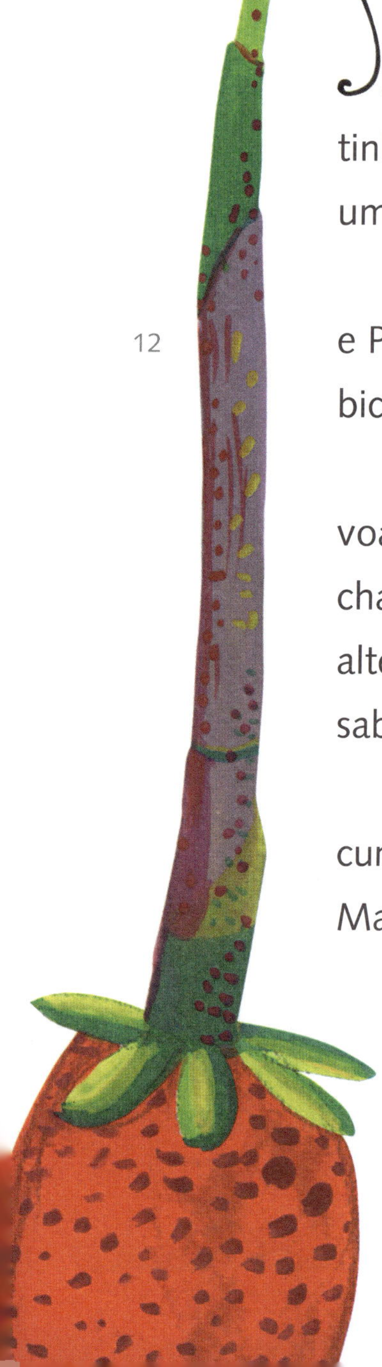

Quem disse que ele desistiu? Que nada! Subiu, aos trancos e barrancos, pelo grosso tronco de um *mikondó*, um gigantesco baobá, até alcançar os galhos mais altos. E, em meio aos frutos da árvore balançando ao vento, pôs-se a gritar a cada ser alado que avistava:

– Me leve com você – pediu ao *chau-chau*, pássaro pescador, de peito *zulu cancancan*, azul, azul.

– Não tenho tempo, pois estou atrasado – respondeu o apressado, dando um adeusinho.

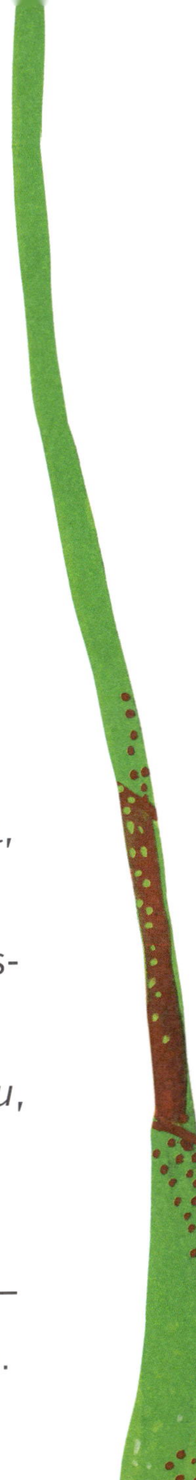

Não demorou muito para outro veloz convidado cruzar o espaço.

– Me leva, por favor – solicitou o que tem passos lentos ao *tchibi*, rouxinol de penas *blanku fenene*, branquinhas, branquinhas.

– Nem pensar. Você é muito pesado.

Até que passou um *flakon*, falcão de olhar enfezado, ostentando uma plumagem cinza com a ponta das asas *pletu lululu*, bem pretas.

– Me leva contigo! – implorou o que anda devagar, já sem esperança alguma.

– Posso te levar, mas arrume outro pra trazer você de volta – avisou a temida ave caçadora de roedores.

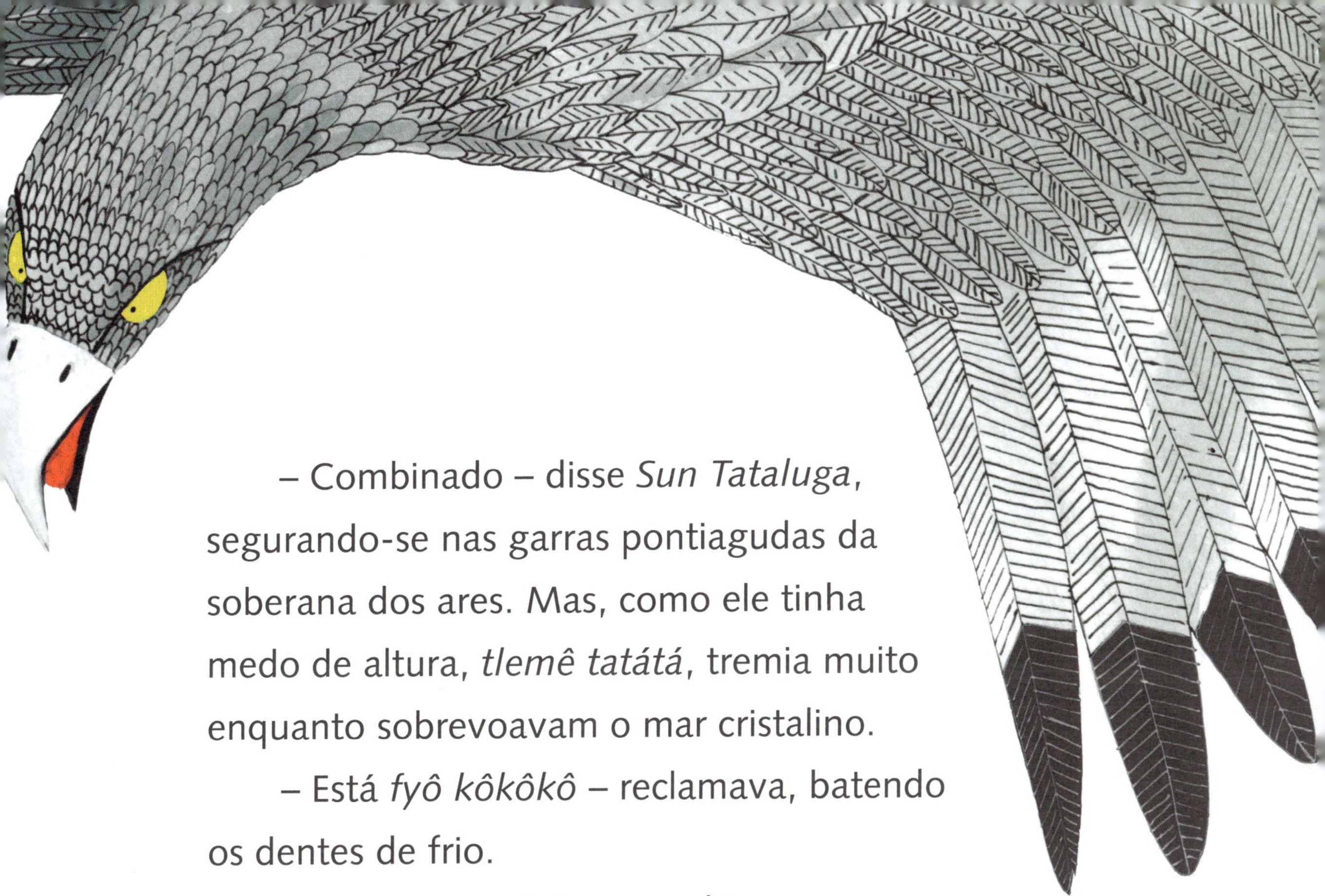

– Combinado – disse *Sun Tataluga*, segurando-se nas garras pontiagudas da soberana dos ares. Mas, como ele tinha medo de altura, *tlemê tatátá*, tremia muito enquanto sobrevoavam o mar cristalino.

– Está *fyô kôkôkô* – reclamava, batendo os dentes de frio.

Os dois, à medida que subiam, passavam por cima de roças de cacau imensas, com casarões majestosos e longos armazéns para secar os frutos dos cacaueiros. Ao fundo das propriedades, cada uma maior do que a outra, destacavam-se fileiras de senzalas que abrigavam os escravizados trazidos do continente africano para trabalhar nas plantações. "Isso um dia vai acabar", profetizou o senhor Tartaruga, adivinhando que os ventos da liberdade não tardariam a ser anunciados.

Logo as montanhas cobertas por densas florestas, beijadas pelas nuvens que bailavam no horizonte, foram ficando para trás.

– Como é bonita a minha terra! – exclamou o entusiasmado observador, tecendo um elogio à magnífica paisagem.

Depois, ele permaneceu em silêncio, torcendo para que a viagem terminasse o mais breve possível.

– Estamos chegando – informou finalmente o falcão.

– *Quê sótxi*, que sorte – disse *Sun Tataluga*, aliviado, assim que pousaram em segurança.

Porém, ele não contava com um obstáculo inesperado. Os convidados só podiam ter acesso à festa com a autorização de *San Sukuku*, a rabugenta encarregada da portaria. Uma coruja *ve quetequete*, muito velhinha, e que além de tudo era cega.

– Só pode entrar quem é careca – avisava a severa guardiã, enquanto apalpava o topo da cabeça de cada um dos convidados.

Sun Tataluga, dono de um pescoço curtinho, com medo de ser barrado pela senhora Coruja, bolou um plano. Apoiou as patas dianteiras no chão e começou a andar de cabeça para baixo, com o traseiro apontado para cima.

– São gêmeos? – perguntou *San Sukuku*, passando a mão nas nádegas empinadas de *Sun Tataluga*.

18

– Sim – respondeu o espertinho.

– Sejam bem-vindos – disse a de olhos que não enxergavam mais, pensando que fossem dois convidados.

O penetra, tão logo entrou, não perdeu tempo. Comeu à vontade: banana cozida, fruta-pão assada... E fartou-se, principalmente, de *calulu*: prato são-tomense à base de legumes com peixe defumado, acompanhado de angu e azeite de palma.

– Não tem *piripiri*? Não tem pimenta? – pediu o esganado, pois não podia passar sem.

Na hora de voltar foi o mesmo problema da ida. Ninguém queria carregar o intruso. Ele tanto insistiu que um *papage*, papagaio falador como ninguém, resolveu levá-lo embora. Mas, no meio do caminho, o tagarela não suportou o peso e deixou o comilão despencar céu abaixo.

Sun Tataluga, lógico, se arrebentou todo. Essa é a razão de seus descendentes terem o casco rachado.

Mandá ku tataluga no bilá achi ê. Por isso, a tartaruga se tornou assim.

Quem
tudo quer
tudo perde

Sun Tataluga gostava de pescar numa praia deserta, de areia branquinha, rodeada de coqueiros tão altos que davam a impressão de encostar no céu. A seu ver, não tinha um lugar no mundo que tivesse uma natureza tão espetacular assim. O mar com águas transparentes, de beleza incomparável, parecia um tapete ondulante à luz do sol.

– São Tomé e Príncipe é um verdadeiro paraíso – não cansava de dizer o senhor Tartaruga.

O dono do casco rachado, herança de um antepassado que caíra do céu durante a época da escravidão, regressava todo dia da pescaria com um cesto carregado de peixes *flesku tatata*, bem fresquinhos. Andava, como de costume, sem pressa alguma, num passinho *leve-leve*. Mas, guloso como era, assim que entrava em sua casa de tábuas, dizia sempre a mesma frase para a esposa:

– Você só pode comer os peixes que souber os nomes.

San Tataluga, como não entendia muito de pesca, conhecia apenas os peixes menores, aqueles cheios de espinhas. Não tinha jeito, os mais saborosos ficavam sempre para o marido.

– Tô cansada de almoçar e jantar *sandjá*, sardinhas – reclamava a senhora Tartaruga. A coitada, *maglu benfebefe*, magra como um palito, não suportava mais comer apenas sardinhas.

– *Sandjá sá maglu magi ê as pixi gôdo*. A sardinha é magra, mas a carne é de qualidade – respondia o esposo.

Até que certa vez a mulher do senhor Tartaruga teve uma ideia enquanto estava procurando *bunzu-d'ôbô*, um tipo de caracol que se esconde embaixo das bananeiras e que é bom para cozinhar. Ela resolveu colocar um punhado de cascas de *quixibás*, banana--prata, no caminho que *Sun Tataluga* percorria diariamente de volta para casa. E assim fez, antes de se esconder atrás das folhas de um *mikokó*, planta aromática usada para temperar a comida.

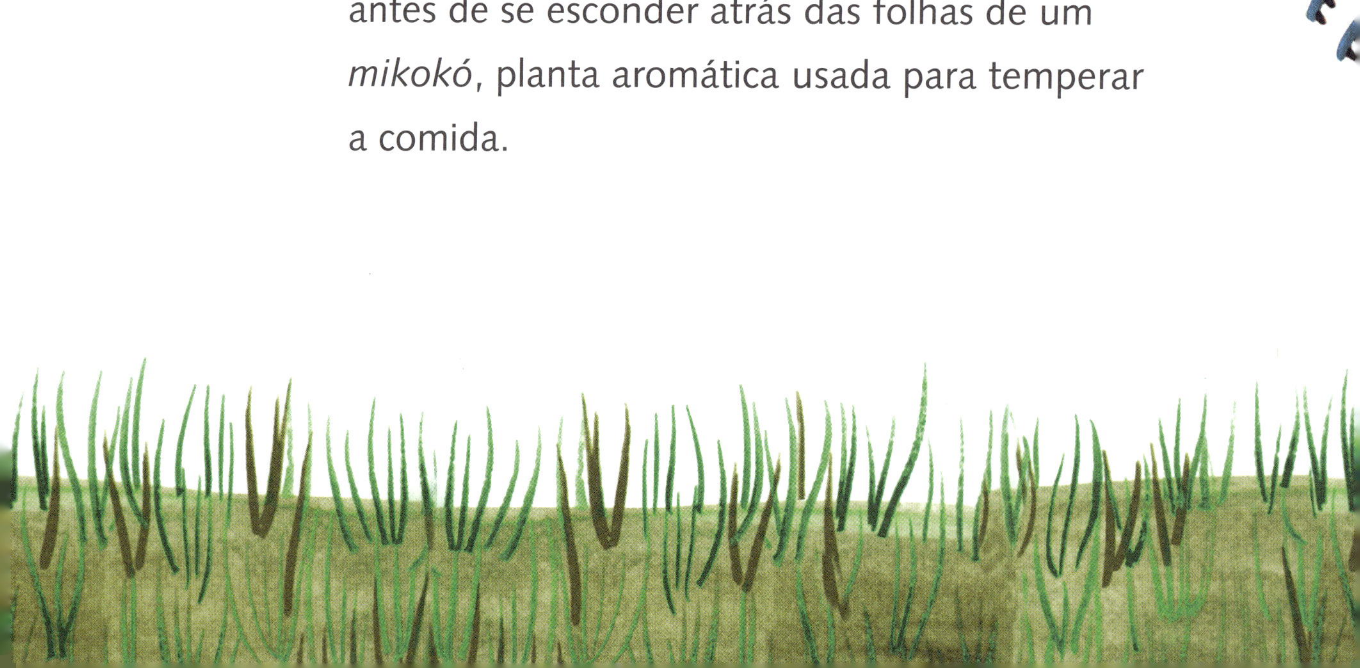

Não demorou muito para o desengonçado pescador aparecer cantando em *forro*, um dos idiomas do arquipélago. A letra da música, engraçada, falava dos mosquitos que gostam de picar as pessoas.

Kidalê Kidalê
bili-poto damuê
mixikitu sacamôdêmu.
Kidalê Kidalê
mixikitu sacamôdêmu...

Ele, ao mesmo tempo que entoava a canção, tentava improvisar uns passos de *sokope*, dança tradicional das ilhas.

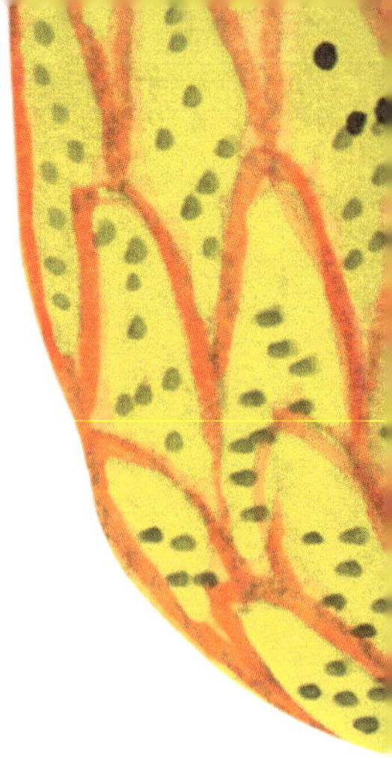

O desafinado vinha tão distraído com o balaio da pescaria na cabeça, que nem notou as cascas de bananas à sua frente.

Catimbum!

Tomou um tremendo escorregão. O cesto caiu no chão e foi um tal de peixe esparramado para tudo quanto era lado.

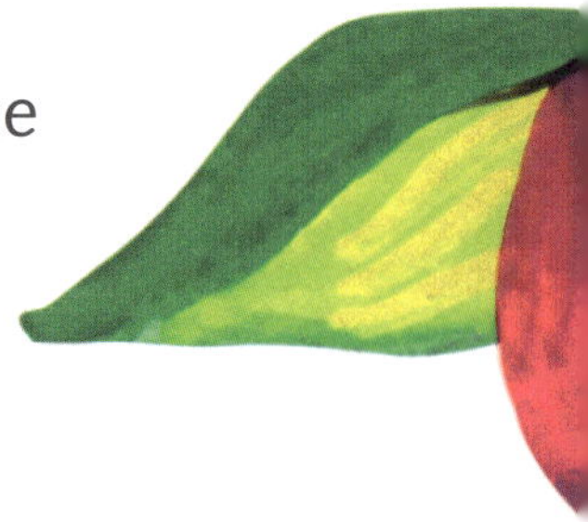

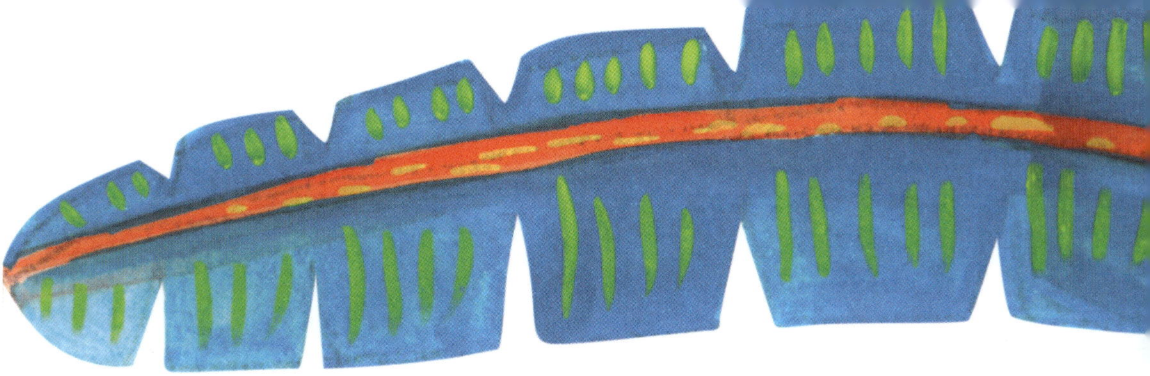

Imagine a trabalheira que ele teve para arrumar e separar os pescados graúdos e miúdos, de acordo com seus nomes.

– *Badezu*, badejo, ... *glôpim*, garoupa, ... *guya,* peixe-agulha, ... *klôvina,* corvina, ... *pixi-sela,* peixe-serra, ... *sandjá,* sardinha, ... *vadô,* voador – ia dizendo em voz alta, enquanto recolhia e selecionava os peixes conforme a variedade, sem perceber que a mulher estava escutando o que ele falava.

San Tataluga decorou tudo e voltou correndo para casa. Quer dizer, o mais depressa que suas pernas curtinhas permitiam.

Quando o marido abriu a porta, a esposa já o aguardava. E, antes que *Sun Tataluga* dissesse qualquer coisa, ela perguntou:

– Posso escolher os peixes que sei os nomes?

– Sim – respondeu o senhor Tartaruga, enquanto guardava o *maxim*, facão usado para abrir caminho no mato. Só que ele não contava com a astúcia de sua companheira.

– Então eu quero *badezu*, *glôpim*, *klôvina* e *pixi-sela* – disse *San Tataluga*, enumerando os peixes maiores e mais gostosos. – Os maiores ficam pra mim. O *sandjá* e os outros menores, pra você.

– *Kaá-Ká-ô*! – espantou-se o pescador.

– *Kaboka pi-pí-pí*! Caladinho! Agora é a minha vez de decidir o que eu quero comer – disse a senhora Tartaruga.

Depois disso, *Sun Tataluga* nunca mais enganou a esposa. Ela, por sua vez, com o produto da pesca, passou a trabalhar no movimentado mercado da capital como *palayê*, vendedora de peixes.

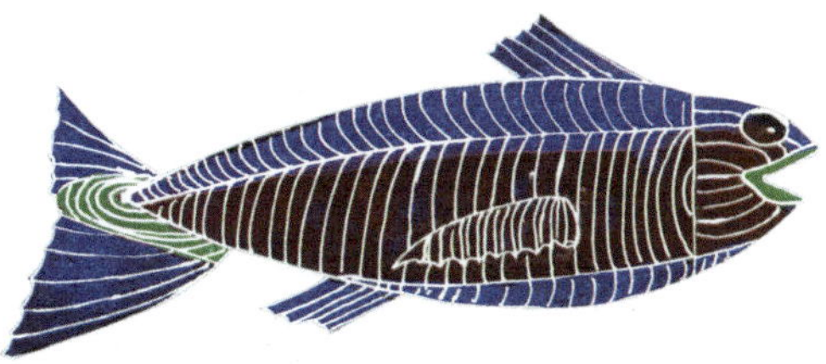

O
ADIVINHADOR
de SONHOS

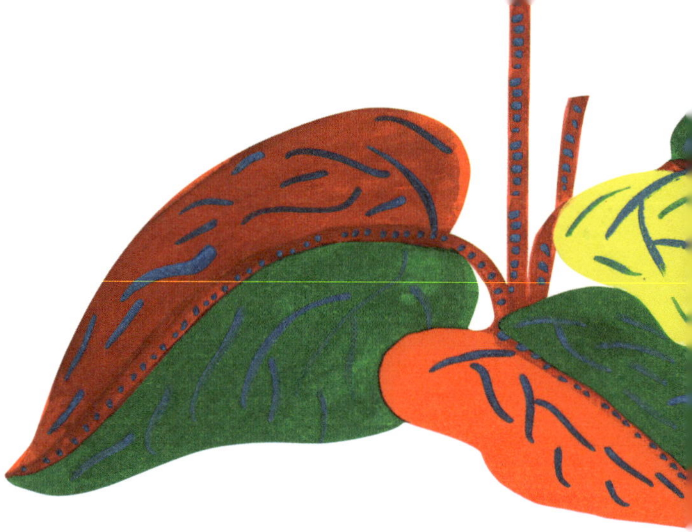

Sun Tataluga anunciava aos quatro ventos que conseguia decifrar todo tipo de sonho. Como se ele tivesse os mesmos poderes de um *dinvyadô*, um adivinhador!

O dono de uma grande roça de cacau, ao saber da história, mandou chamar o senhor Tartaruga.

– Quer dizer que você tem o dom de desvendar qualquer sonho? – perguntou o homem *liku sónósónó*, riquíssimo.

– Sim.

– Então é capaz de revelar o que eu sonhei ontem? Se conseguir, será bem recompensado.

– Com certeza. Mas pra isso eu tenho que voltar pra minha casa e preparar uma cerimônia com algumas folhas. Ao anoitecer, regressarei com a resposta – prometeu o de andar lento, antes de sair.

Sun Tataluga, preocupado, sabia que tinha de ganhar tempo para pensar. Já que ele, ao contrário do que se vangloriava, não conhecia a arte de lidar com as folhas de *mangungo*, um pequeno arbusto usado nos rituais de adivinhação.

Senhor Tartaruga, com a calma costumeira, pensou, pensou e pensou.

– Já sei! – exclamou, enquanto pegava as penas de vários pássaros espalhadas pelo chão da floresta. Depois, amarrou-as ao redor do corpo e regressou ao imponente casarão.

A seguir, tomando cuidado para que os empregados não o notassem, entrou furtivamente na sala do proprietário da roça. A dona da casa, ao avistar o desajeitado ser emplumado arrastando-se pelo assoalho de madeira, surpreendeu-se:

– Que bicho estranho! Nunca tinha visto um assim! – comentou ela, tão logo se recuperou do susto.

– Nem eu. *Sun Tataluga* deve saber o nome dessa espécie desconhecida – disse o marido, retorcendo as pontas dos grossos bigodes. – Ele me prometeu que estaria de volta hoje à noite. Se o casco rachado acertar o que eu sonhei ontem, poderá dizer também o nome desse animal esquisito.

– E com o quê você sonhou? – quis saber a esposa.

– Que eu era uma semente de cacau.

– Que coisa! Nem dormindo você para de pensar em seus negócios.

O senhor Tartaruga, satisfeito, saiu de mansinho. Desceu a escadaria do casarão de dois andares, tirou as penas e tornou a subir os degraus de mármore.

– *N'bé, n'bi, um sai mé*. Fui e voltei, estou aqui – anunciou ele, assim que adentrou o salão decorado com um fino mobiliário.

– E então? – perguntou o homem. – Descobriu o meu sonho?

– As folhas do *mangungo* não mentem jamais. O senhor sonhou que era uma semente de cacau – revelou *Sun Tataluga*, para espanto de seu interlocutor.

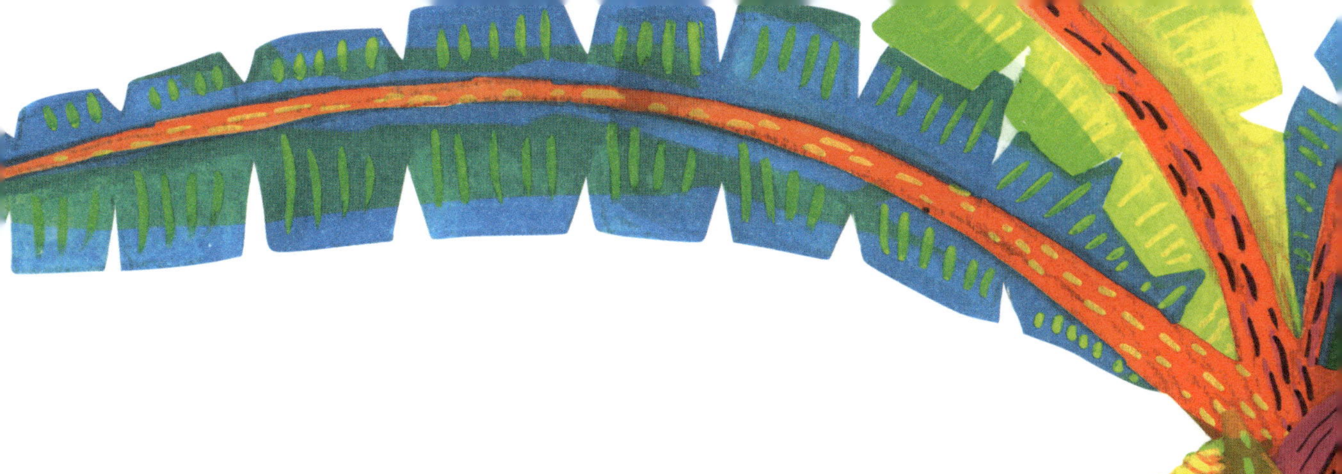

O adivinhador de sonhos, após receber a recompensa, partiu feliz da vida, cantando:

Tataluga ê, tataluga ê
Tataluga ê, tataluga ê

Son tê uê, matu tê oliá. O chão tem olhos, o mato tem orelhas, dizem lá nas encantadoras ilhas de São Tomé e Príncipe.

Quem é

ROGÉRIO ANDRADE BARBOSA

Sou escritor com mais de 90 livros publicados, alguns deles traduzidos para o inglês, alemão e espanhol. Trabalhei durante dois anos como professor voluntário a serviço das Nações Unidas, em Guiné-Bissau, na África. Daí a minha paixão, pesquisas e recolhas dos contos populares africanos.

Recebi vários prêmios literários, entre eles o da Academia Brasileira de Letras de Literatura Infantil e Juvenil em 2005. E fui o primeiro presidente da AEI-LIJ (Associação de Escritores e Ilustradores de Literatura Infantil e Juvenil).

Participei como autor, palestrante e contador de histórias em feiras de livros, congressos e eventos na América do Sul, Europa, Ásia e África.

Pela editora FTD publiquei: *Rômulo e Júlia*; *Pra lá de Marrakesh*; *Rômulo e Júlia – os caras-pintadas*; *Em Angola tem? No Brasil, também!*; *Histórias que nos contaram em Luanda*; *Viva o Boi-Bumbá*; *O Rei do Mamulengo*; *O Boi-de-Mamão* e *O Guardião da Folia*.

Quem é

Taisa Borges

Nasci em São Paulo, onde moro atualmente. Estudei Pintura na Fundação Armando Álvares Penteado (FAAP) e na Escola Nacional Superior de Belas-Artes de Paris, e Estilismo no Studio Berçot. De volta a São Paulo, desenvolvi desenhos de estamparia para diversas confecções e para a minha própria marca – Motivos Brasileiros. Desde 2006, dedico-me à literatura infantil como ilustradora e autora. Ilustrei mais de 100 livros de vários escritores. Como autora, publiquei sete livros: seis de imagem e um de história em quadrinhos – alguns deles selecionados para o PNBE (Programa Nacional Biblioteca da Escola).

Em 2011, fui finalista do Prêmio Jabuti, na categoria Ilustração de Livro Infantil e Juvenil, com dois títulos.

Para conhecer mais meu trabalho, navegue pelo *site*: <http://taisaborges.com>.

Impresso no Parque Gráfico da Editora FTD
Avenida Antonio Bardella, 300
Fone: (0-XX-11) 3545-8600 e Fax: (0-XX-11) 2412-5375
07220-020 GUARULHOS (SP)